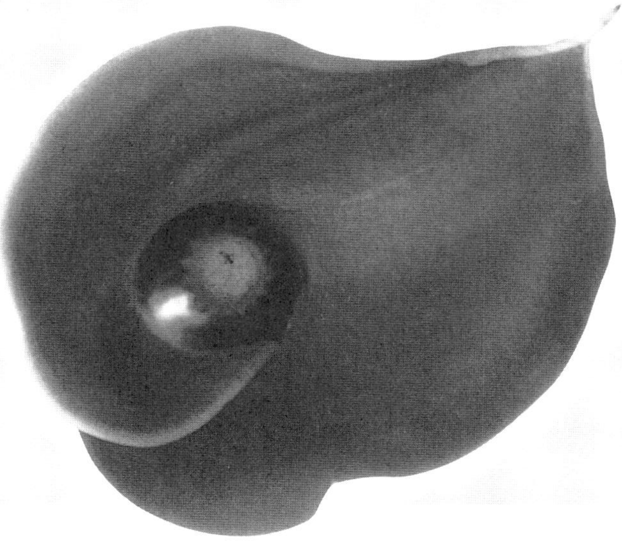

“きれい”へ一歩ずつ

コンプレックスを バッグに入れて

酒井政利

工作舎

to ________________

from ________________

すべてのコスモジェンヌ〈自然な美しさをたたえる人〉へ

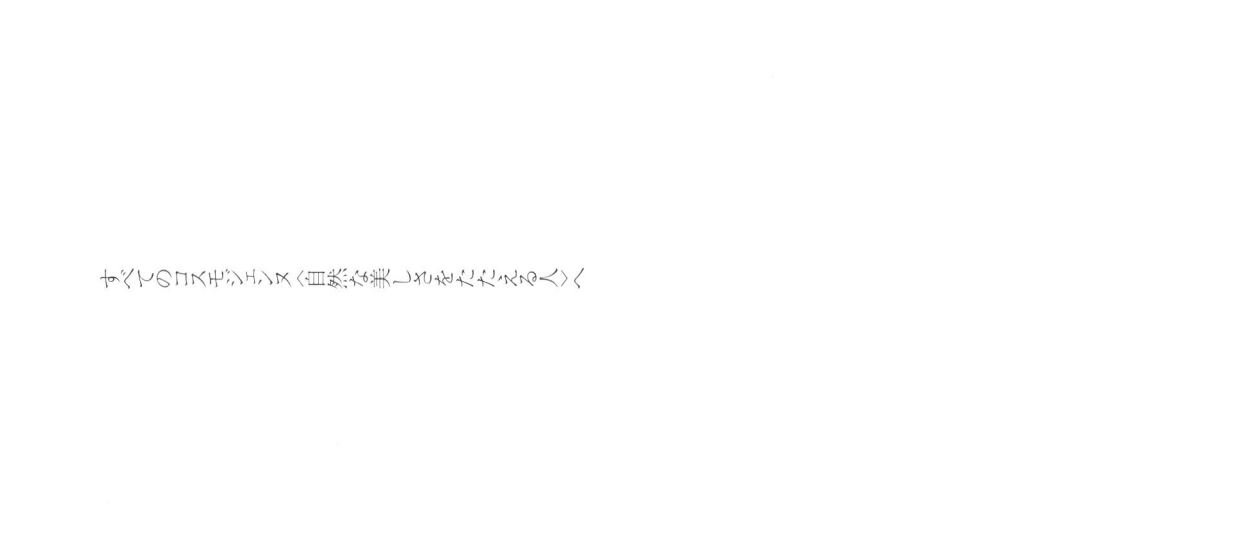

目次

コンプレックスをバッグに入れて
"きれい"へ一歩ずつ

2章

1章

一期一会

いちごいちえ

あの人に会いたい

仕事がら、一生の間に出会う人の数は多い方だと思います。その中には何十年と長く付き合う人もいれば、一定期間だけの短い出会いもあります。

生活の大半を東京という大都市でおくっているため、再び会うことなどとうてい不可能な、たった一度きりの出会いも数知れません。しかし、もう一度会いたい人がいます。

深夜にタクシーをひろうことがよくあります。そのせいか、タクシーの運転手からしばしば教訓めいた話を聞かされてきました。

あれは何年前のことだったか。申年（さるどし）の一月の深夜、六本木で個人タクシーをひろいました。乗り込んでしばらくすると、運転手が急にこう話しかけてきました。

「お客さん、サルの下にコと書いて何と読むか知っていますか」

「えっ、サルにコ?」「猿子……?」そんなことばがあっただろうか?

「サルにコ、これは縁起のいいことばでしてね。今年はきっといい年になりますよ」

白髪の運転手の華奢な背中は、どことなく品のよさをただよわせ、年の頃は七〇前後に見えました。こちらも疲れてはいたものの、どうして唐突にそんな話をするのか気になります。

「運転手さんは申年なんですか?」と尋ねてみました。

「キキキキッ、キキキキッ……」

サルが、いや運転手が、背中を丸めて笑っているのです。その笑い声が、不気味に長い。やっと笑い声が止むと、今度は沈黙が続きました。こちらを不機嫌にしてしまったと思ったのでしょうか、しばらくして運転手の方から
「お客さんは、何年(なにどし)ですか?」と聞いてきました。
「えっ、その話はもういいですよ」と返したものの、ちょっと素っ気ないかなと思い、少し間をおいて言いました。
「それで、運転手さんは申年なんでしょ」
「キキキキキッ、キキキキキッ……」
また笑いだします。私はからかわれているのだ、と感じました。腹が立つよりも気味が悪くなってきて、タクシーを乗り換えようかと思ったほどでした。けれど、あと十五分も乗れば自宅に着くのだから我慢すればいい。一人、そんな思いをめぐらしていると、運転手が言いました。
「ええ、申年です。カカアは子年(ねどし)でしてね。人に観てもらったら、相性がすごく悪いら

しいんです。子供は必ず交通事故で亡くなりますよ、と言われましてね……」

東京の大学を出た長男は結婚が決まった年に、次男も地元の大学を卒業と同時に死んだという。二人とも交通事故による即死だったと。

四国で蕎麦屋を営んでいた夫婦は、長男が死んだ東京に出てくることに決めたのだそうです。

「カカアはすっかり気がおかしくなって、こっちでカラオケ屋をやってましてね、毎晩明け方まで飲み狂ってますよ」

そしてタクシーが大きな交差点にさしかかったとき、運転手が悲しげにこう言ったのです。

「あの信号のところに、長男と次男がいつも立っているんですよ」

次の瞬間、私はすでにタクシーを降りていました。一刻も早く降りてしまいたかったのです。

ところが、残りの距離をとぼとぼと歩くうちに、なぜあの運転手の話をもっと聞いてあげられなかったのか、聞いてあげればよかった、そんな思いにかられていました。それどころか、あれほど不気味だったさっきの運転手の存在がしだいに透明感をおびてきて、家に着いた頃には、私の気持ちはすがすがしくさえありました。

息子たちを襲った不慮の事故を、自分に課せられた運命と受け止める。そしてただ我が子に会うために、新しい土地、それもこんな雑然とした東京で仕事を続ける老いた男がいる。地方都市の蕎麦屋から東京のタクシー運転手への転身は、どれほど大変なことだったか。だが、彼は進むしかなかった。息子達と会える土地で暮すことが、彼らへの最大の供養であり、愛情表現だと考えたのにちがいありません。

後日、あのことばを辞書で調べてみました。

「猿子（さるこ）」、ありました。ただし意味は「綿入れの袖なし羽織」。では「甲子」はどうか。私が調べた範囲ではどこにも見当たりません。ふと「甲子（きのえね）」の文字が思い浮かびました。「甲」は「木の兄（え）の意味」とあり、十干（じっかん）の最初にくることばです。「子」はというと、十二支の最初に来ます。どちらも最初であることから「甲子」はものごとの始まりを意味する、縁起のよいことばだとされています。

あの運転手はもしかすると「甲子」を「申子」と勘違いしていたのではないか。相性が悪いとされる申年と子年の自分たち夫婦の組み合わせを、実は縁起のよいことばと信じ込んでいた……。そうであるなら、なんとも哀れでなりません。

誤解がとけたからといって、事実が変わるわけではありません。ただ、少しでもラクな方へ思いを向けられるのなら、真実を知る意味はあります。

その前に、なぜ自分はもう少し彼の話を聞いてあげられなかったのか、心残りでなりません。この大都会では叶わないことでしょうが、もう一度会えるものなら、会いたい人です。

一期一会 ……山口百恵と出会って

今、目の前にいるこの人とは、これっきり会えないのだと思えば、お互いのことばを真剣に聞き、仕草の意味までとらえようと努め、丹念に話し合うにちがいありません。

ところが、明日にしようとか、今度の機会でいいなどと、目先の忙しさにかまけて今すべきことを保留しがちです。そして後になって、はたと思うのです。あの出会いこそ「一期一会」ではなかったのかと。気づいた頃には、その人はもう自分の近くにはいません。

「一期一会」、一生に一度限りであること、そのような縁のことを表わすじつに美しいことばです。この「一期一会」を見聞きするにつけ、思い出すことがあります。

かつて、山口百恵という歌手がいました。一九七三年のデビューですから、出会いは三〇年前のことになります。

山口百恵との出会いは一枚のスナップ写真から始まりました。サービス判のその写真は、横須賀のどこかの公園のブランコの脇に少女が立っているというものでした。ポーズをとるでもなく、地に根づいているかのように力強い脚が、印象的でした。

この写真から山口百恵の将来を直感した、などというドラマチックな話はなにもありません。しばらくして実際に会ってはみたものの、歌手としての素質という点でも多分に疑問をいだきました。

ちょうどあの頃、私は一人の日本兵のシベリア体験記を読んでいました。その著者はシベリア抑留中、長らく水牢に入れられていたという。そんな過酷な状況下で、彼は水牢に射し込む一筋の光を食べて生きつづけた……と綴っていました。そして、光を食べる存在は、いつか光を発する存在になるのだとこの体験記に教えられたのです。

存在が光になる……。そんな思いをいだいていたときに出会ったのが、山口百恵という少女でした。彼女はごくふつうの十三歳の女の子でした。しかしある種、「魔」を秘めているような雰囲気があったことも事実です。あどけないが芯のあるその顔、その目には、いつかは光を発する少女になると予感させるような何かがありました。それだけに、なんとか彼女の希望をかなえて世に送り出してあげたいとは思っていました。——しかし、それ以上ではありませんでした。

デビューしたての頃、山口百恵はセーラー服のまま、学校からスタジオに直行してきました。何回もNGをだし、深夜近くになって、やっとOKになってスタジオを去っていく——。その後ろ姿は痛々しくさえありました。

地味ではあるけれど、なんとかしてあげたいと考えるわれわれスタッフから、やや過激な歌詞が与えられ、つらい局面もあったはずです。しかし、彼女は一言も不満を口にすることはありませんでした。自分を世の中に出してくれようと努めるスタッフに「おまかせします」という、度胸のよさにも感心させられました。いま思えば、じつにみごとなセルフプロデュース力を持つ女の子だったのです。

百恵というのは彼女の本名です。百の恵みを与えられますようにと、親の願いが込められたものだと聞きました。その名のとおり、彼女はヒット曲にも恵まれスターへの階段を昇っていきました。

ところがあるとき、引退、結婚の決意をします。誰がひきとめようと、もう揺らぐことはありませんでした。すべて彼女が自分で決めたことでした。それが彼女自身の「一期一会」に立ち向かう姿でもあったのです。今この時間は二度とないと考えていたのかどうかはわかりませんが、どんなときも、どんなことにも彼女は真剣そのものでした。

山口百恵の八年間の活動を締めくくる最後のシングル（レコード）企画は、「一期一会」にかさねて「一恵（いちえ）」としました。彼女と仕事をした八年間こそ、「一期一会」の集積だったのかもしれないとつくづく思います。

だから引退後に何度かわき起こった「もう一度」の声に、私はきっぱりと応えてきました。「カムバックなど、ありえません」と。

他人は自分を映す鏡

出会いは一期一会、これっきりと思って人と対面し、あとくされがないのが一番なのですが、それでは済まない場合があるというのが、凡人の日常です。

たとえば、誰かに会って話した数日後「あのとき、こう言わなくてよかった」と思うことがあります。

人に会い、話の方向によっては、感情的なしこりを残したまま別れる。不燃焼な気持ちのまま別れた場合、その直後は苛立ちを感じるし、相手を批判するような攻撃的なことばも思い浮かぶものです。ところが日がたつにつれ、たいていそれを言わなかったことを幸いと思ったりするものです。

「人」が「為」すこと、つまり人為的なことが「偽」という文字の語源だと、辞書は教えます。私はあるとき「偽」の文字を見て、こう感じたことがあります。「人の為に」何かをしていると思うことは偽りなのだ、と。自己流の解釈とはいえ、妙に納得しています。

だいたい、心の底から誰かのために何かをしてあげることなど、そう簡単にできるはずがありません。自分がこうしているのは、あの人のためと言いつつ、じつは自分を励ます口実だったりしがちなのですから。

たとえば、新人歌手のプロデュースを担当してよく味わうことがあります。われわれスタッフ側が育て上げたつもりでいると、当の本人はつゆほどもそんな思いはなく、成功できたのは自分が努力してきたからだ、と思い込んでいたりするのです。しかし、そんな態度を気に入らないと感じるなら、それはプロデュースする側にも「この人の為に」という思いが強すぎたためでしょう。そうではなく、この仕事は自分のためでもあるのだ、自分の気持ちの充実感を得たかったのではないか、と自問してみてはどうかと思うことがあります。落ち着いて考えれば、それも一つの真実と受け止めることができるはずです。

「他人は自分を映す鏡」だという。ただし、若い人にそれを理解させようとしても無理があります。社会人二、三年生でも理解できないかもしれません。いろいろな人と付き合って、うまくいかずにいやな思いをしたり、自己嫌悪に陥ったり、反省させられたり、そういうことを繰り返し、いつか何かの拍子に、なるほど「他人は自分を写す鏡」なのだとわかるようになるものです。

相手が正面切って話してくるとき、自分も正面切って対応せざるをえなくなります。こうした関係こそが最良と考えるので、私は人と接する場合のキーワードは「気合い」

ではないかと確信しています。気合いをもって相手に接すれば、相手も身構え、そのことばにもおのずと気合いが入ってくる。こうして、話はしだいに深まっていきます。

ところが、いくら時間があっても、この深まりを実感できない場合があるのも事実です。こういうときは互いの表情にすっきりしない何かを読みとりながらも、その場ではどうしようもない。こんな場合も、決して慌てる必要はありません。話しているときには、うまく言い表わせなかったことが、たとえばその四、五日後に何気なく読んだ本がヒントになって、答えが見つかったりするものだからです。それからもう一度会って話すというので十分です。

後になって、時間をかけてよかったと思うことが多いように、実際、時間というのはありがたく、物事を混沌から整然へと運んでくれます。ところが、一瞬の感情をぶつけてしまったことでぎくしゃくしはじめた関係をもとの状態に修復するには、倍のエネルギーを必要とします。

人は失言してしまったと自覚した瞬間から表情を曇らせます。それを見て、相手の方も「しまった!」と思う。失言させてしまった自分の責任を感じ取るからです。

生身でからみ合う人と人。人の表情やそぶりは、文字や数字に比べてはるかに多くを物語る。そこに自分さえも知らなかった"自分"を見いだすほどに。

混のプロデュース

プロデューサーとして歩きだして、早いもので四〇年余になります。現在進行形でもあるのですが、茫漠とした時間の中で、ふと「プロデューサーとは何か」と自問自答することがあります。

その答えの一つは「混」ではないかと思っています。混合、混濁、混乱、混沌、混血……これらの意味を含む「混」の一字が頭に浮かびます。ときに激しく、ときにどんよりとうごめく、形にならない「混」の世界を分け入り、そこから新しく魅力あるものを生み出していくような仕事こそがプロデュースなのだ、ととらえています。

たとえば「混合」のことばからイメージするものの一つに、「いちご大福」があります。今でこそ「ああ、あれね」とすぐにイメージできるものの、いちご大福のデビューは鮮烈でした。初めて味わう人は、おそるおそる口に運んだのではないでしょうか。そしてあの、いちごの酸味と大福のふわりとした甘味の奇妙だが絶妙の組み合わせに、納得した人が多かったのです。今ではいちごの季節に、なくてはならない和菓子になりました。そして、ここには巧みなプロデューサーの技が介在したのだと思わずにはいられません。

いやいや「バターあんぱん」もある、「カレーなっとう」を知らないの!? それに「混」がプロデュースのコンセプトだというなら、何にでもマヨネーズをかけてかき回し、おいしいと言って食べているギャルは、みんなプロデュースの才能を秘めているとでも？

たしかに、いちご大福がデビューしてからだいぶ経っています。私も次なる混のデビューを待ち望んではいるのですが、いちご大福のあの味、愛らしさ、ポピュラリティーにまさるものが、なかなか見つからないのです。

仮に今、清潔感漂うタレントがいるとします。さて、どんな企画をこのタレントにぶつけるのがよいかというとき、まずはそのタレントの持ち味や印象を生かす方向を考えます。しかしその一方で、このタレントのよさを裏切ってみてもよいのではないか、という考えがむくむくとわき上がり、なぜか私の場合、こちらの方が活気づきやすいのです。

歌手であるなら、その表情やイメージとは、およそ不釣り合いな衝撃的な歌詞の曲を歌わせてみるという方法です。「混」のプロデュースがこうして始まります。

ところで二〇〇二年春、「アルゴス」という社名のプロデューサー組織を立ちあげました。アルゴスとはギリシャ神話に登場するARGOS、力が強いうえに百の目を持ち、眠りを知らない巨人のこと。あるとき最高神ゼウスの命を受けたヘルメスに催眠術をかけられ倒される。その姿を見て哀れに思った女神ヘラによって、巨人アルゴスは百の目を持つ鳥（孔雀）に変えられ、星座になったと伝えられています。

アーティストを発掘し、企画を練り、制作をリードして、いつか輝けるスターに育て上げる。こうしたプロデューサーの仕事を表わすのに、「アルゴス」というのは意味も響きもぴったりではないかと感じています。

アルゴス（正式名称アルゴスエンタテインメント）創立のきっかけは、その約一年前に同じく音楽業界でプロデュースの仕事をする後輩との話の中にありました。

後輩の考えは、タレントのみならず、作詞、作曲、編曲家を養成する学校を作りたいというものでした。つねづねそのような場の必要性を感じていた私は、すぐに賛成し協力することを約束しました。それから何度となく会って話すうちに、コンテンツつまり作品、願わくばヒット作品を生みだすにはどうしたらよいのかという話になっていったのです。それには、よいオペレーションとマネージメントが必須。このマネージメントの部分こそが、いわゆるプロデューサーの役割です。制作し、その作品を売り出していく。一つのコンテンツが商品化される。このすべてのプロセスに関わり、マネージメントしていくのがプロデューサーなのです。

制作チームをまとめ、ヴィジョンを語り、マーケットを見据え、そこに作品を投じ、広めていく。ヴィジョンの実現に当って資金不足であるなら、何とかしようと奔走するのもプロデューサーの仕事です。企業の広告とのタイアップなども方法の一つ。矢沢永吉の「時間よ止まれ」は資生堂、久保田早紀の「異邦人」は三洋電機、ジュディ・オングの「魅せられて」はワコールのイメージ・ソングでした。

マネージメントができて、自信作を世に送りだせる。本来、このようなダイナミズムを持つプロデュースという仕事を伝え、新しいプロデューサーたちの活動を支援しようと、アルゴスを率いることを決断し、いま助走に入っているところです。

というわけで、私の「生涯現役」熱はまだ冷めることを知らないようです。

愛も憎しみも自分発

……中森明菜のように

「セルフプロデュース」ということばがあります。つまり自己演出です。自己演出というのは、生きる術ではないかと思っています。いわゆる「わがまま」とは対極にあるものだとも思います。なぜなら、自分の考えを伝え、その考えを通していこうとはするのですが、そうしながらも隣人たちとなごみ、自他ともに陶酔できる時間や場を共有できるようにする、そんな器量を発揮する方法がセルフプロデュースだと考えているからです。

じょうずにセルフプロデュースするには、まず自分を好きであることが肝心です。自分を好きだからこそ、自己演出もできるのです。自分を好きだから、あるときは自己嫌悪に陥り、しかもそれを向上心に変えていくこともできます。

ところで「愛とは、惜しみなく与えるもの」とは、かつて大ヒットした映画の名セリフです。しかし「愛憎」という熟語があるように、愛は憎と表裏一体。愛が、ひょんなことから憎しみに変わる例など上げればきりがありません。

できることなら、憎しみなどかかえこみたくないし、他人から憎まれたくもありません。しかし、誰もが大なり小なり、誰かを愛する一方で、誰かに憎しみをいだいているのではないでしょうか。そして大抵は、この憎しみの感情を何とか自分の心から払拭したいと考えます。こんなおぞましい感情に心を乱されたくはないし、精神的な負担にしたくないからです。愛することを１００のプラス要素とすると、憎しみは－１０

のマイナス要素として私たちの気持ちにのしかかります。

しかしどうでしょう、たとえばトランポリンの原理で、この大きなマイナスをジャンプ力にしてプラスへの転化を図ることもできるのではないか。プラス指向とはまさにこういうことだと思います。

そこで、トランポリン的な話を一つ。

今年の夏の始め、ひさびさに中森明菜のコンサートに出かけました。元祖歌姫である彼女は、類い稀なスター性をそなえる一方でトラブルメーカーとしても知られています。

コンサートというのは、おうおうにして予定よりも五、六分は遅れぎみで幕が上がるもの。この日もそんな感じでしたが、中森明菜の場合は待ち時間が少しオーバーするだけで、「……なかなか始まらない、何かあったのか、もしかしたら彼女は出て来ないのではないか……」とはらはらさせられるのです。中森明菜とは、そんなマイナス要素を提供する女性なのです。

コンサート半ばの衣装替えのときもそうでした。舞台を空ける時間が少しでも長引けば「何かが気にさわって帰ってしまったのではないか」と。中森明菜の魅力の一つでもあるアンニュイ（倦怠）さが、マイナスの憶測を呼び寄せるというわけです。

ダメージをまき散らしながら、しかし彼女はパーンと跳ね上がるように舞台に現われました。喝采は一段と大きくなります。はらはらさせられた分だけ、その登場はまるで陽が昇ったかのように会場をパッと華やかにします。まさにマイナス要素をみごとにプラスに転化しているな、と感心させられました。プロ級のあっぱれなセルフプロデュースです。

さて、あるとき私は、身近かな者に向かってこう言ったことがあります。

「憎むという感情も大事なんじゃないかな」

相手は怪訝そうな顔をしました。

愛が惜しみなく与えられるほどのエネルギッシュなものであるのなら、その対極の憎悪の感情にも際限のないエネルギーが傾けられるのではないか。ならば、それをプラス転化して有効に使わないてはない、と楽観的な私は考えたのです。

有効活用への第一歩は、漠然と憎しみをいだき続けず、早い時期に冷静に見きわめてしまうこと。とはいえ、いろんな感情がクロスしている憎しみの感情を解明するのは、もつれた糸を解くように難しい。しかし、たどって行くうちにいつかは根本に行き着くはず。時間がかかっても放置するよりはましです。

根本に行き着いてわかることは何か。憎しみもまた自分発だということです。自虐的な傾向の人は、自分をせめるあまり、自分も悪いけど、あの人も悪いと誰かを巻き込んでいたりしがちです。

また、とんだ責任転嫁ということもありえます。何かの問題が起きた場合、自分と向き合うことからの逃避として誰かのせいにしていたりするのです。

心に潜む憎悪は、ときに表情やしぐさに滲み出すこともあるのでご用心ください！

衣替えをするように、憎しみを脱ぎ捨てていけばいい。できればプラスのエネルギーに転化させるように努力してみるのはもっといいことです。心地よいときを得るための、それが日々の自分の務めと思えば簡単なこと。短い一日、短い一年、短い一生なのですから。

2章

日々を舞台に

現実の「自分」と理想の「自己」

　人に「本性」とやらがあるのなら、覗いてみたいと思う。その一方、日常生活で人の本性など知らないほうがいいとも思います。「恋は美しい誤解」に始まると言うことだし……。

　だいたい他人のことをとやかく言う前に、自分の本性とやらを考えたことがあるのだろうか。この種の話題は、すぐに自分の方へ矛先が向けられるようで、あまり気持ちのよいものではありません。

ずいぶん昔の話になりますが、学生の頃から「カウンセリング」というものに興味をいだいていました。当時、「絶望とは愚か者の結論なり」という名文句で始まる人気のラジオ番組に登場していた人が「カウンセラー」の肩書きを持っていて、いつか、こういう人から学びたいと思い続けていたのです。その思いをかなえようと、カウンセリング研究所に通うことにしたのは、ちょうど五〇歳になったときでした。ラジオ番組のカウンセラーはすでに亡くなっていましたが、私の思いは三〇年近くを経て、やっとかなえられることになったのです。

仕事を終えて、夜間部の教室に通う。それを二年間続けました。

個人指導や身上相談をしようという心理カウンセラーに、何か特別な資格が用意されているわけではありません。また、ある試験を受けて合格点に達したからカウンセラーになれるというのでもありません。とりあえず、夜間部二年間の勉強を修了すると、「準カウンセラー」と名のることが許されます。あと八年間、若い人たちを対象にカウンセリングの実習をして、そのときのやりとりを録音したテープを提出していき、合わせて一〇年を経て、やっと「カウンセラー」として認められるようになります。なによりも、経験が重要視されるというわけなのでしょう。

カウンセリングの勉強のなかで、非常に印象的だったことがあります。それは、「自分」というのは現実であり、その自分が、探しにいく「自己」という理想があるのだということ。「自分」という現実があり、「自己」という理想の姿がある。人間というのは誰も、この二面性を持っているといいます。

ところが、この「自分」と「自己」が、ぴったりと重なり合うことはほとんどあり得ない。かといって完全に離れてしまっていては、「自己不一致」という一種の心の病気に陥っていて、いわゆるノイローゼがこれにあたります。「自分」と「自己」が、少し重なっているぐらいが、もっとも健全だとされます。

誰もが、わずかでもいいからと「自己一致」を目指して生きています。ほかならない、私にとってのカウンセリング研究所通いもそうでした。

勉強しはじめて気づいたことは、奇妙なことに自分のしゃべり方がへたになっているということでした。

「ことばの暴力」などというように、ことばには人を刺す力があります。この力は思いのほか強い。

そこでカウンセリングでは、六〇分単位の中でカウンセラーが話すのは約一〇分が目安とされます。あとの五〇分は、「クライアント」といわれる相談者が話すようにするのです。そうするには、カウンセラーがクライアントの話を繰り返したり、うなづきながら聞く「リピート話法」がよいとされています。クライアントはしだいにうちとけて、心を開いていくのがわかります。ところがカウンセラーの方はというと、つねにおうむ返しのようなことをしているので、ずいぶん話しべたになっているというわけなのです。

ただ、どんな方法によっても、人の本性に触れることなどできないと思います。どんなに平坦に見えても、人間という存在は複雑な多面体です。その一部分を垣間見ることができても、全体を捕まえることなどできるはずもありません。

人という多面体を照らす光が強いほど、影もまた濃く深いものです。

コンプレックスを
バッグに入れて

コンプレックスのない人など、この世の中に一人としていません。大切なのは、そのコンプレックスとのつきあい方です。

コンプレックスは、押し入れの奥にしまい込んでしまうものではなく、かといって毎日対面する必要もありません。ほどよく向かい合えばいいのだから、いつも持ち歩くバッグにそっと入れておくのがよいだろうと思います。

コンプレックスを少しでも改良していこうと努力するときが、その人をもっとも魅力的に輝かせていると思います。たとえば、理想の体型を求めてジムで汗を流す、そのひたむきな姿は、あきらめきって何もしない姿よりずっと緊張感があって美しいものです。ただし極端に走りすぎる場合もありますから要注意ですが。

ソニーレコード時代にプロデュースを担当したアーティストの一人に宮沢りえがいます。彼女をめぐっては、いろいろな出来事がありました。今ではなんとか落ち着いてきたものの、一時期の激ヤセ状態はじつに気の毒なものでした。

女優であり、人もうらやむほどのきれいな容姿をもちながら、やはりあの激ヤセへの引き金はコンプレックスにありました。なにか内面的な、どんな手段をもってしても埋めがたい大きな空洞を、彼女は自分の内に秘めている、そんな気がしてなりませんでした。自らその空洞をのぞき込むとき、どうしようもない孤独感に打ちひしがれるのではないのかとも思いました。

もちろん、ごく普通の若い女性のように、太ることへの恐怖も激ヤセへの一つの要因だったのでしょうが、宮沢りえの場合、もっと深く、複数のコンプレックスがかさなっているような気がします。

しかし、周囲がどうにかしてあげられるわけでもありません。相談を持ちかけられれば、応えてあげることもしましたが、結局はこれも、克服すべき課題として彼女自身にもたらされた試練だったのだと思います。このコンプレックスを踏み台にして、ぜひ大きく飛躍してほしいと、ヤセた横顔を見るとき祈るような気持ちだったことを、昨日のことのように思い出します。

ところで、最近よく耳にする「トラウマ」（精神的外傷）という心理学用語があります。トラウマから思い浮かぶのが、何かと話題を振りまいてきた小柳ルミ子と松田聖子の二人です。いわゆるアイドル発のスターである二人は、子供の頃から一身に注目を浴びたかった存在だと思います。なのに、いつも望み通りにはいかない。そういう思いがあって、それを心のキズとして引き摺ってきたのではないでしょうか。子供心に周囲の目を自分に向かせたくて、騒いだこともあったはずです。それが世に出てからの「ブリッ子」だとか「スキャンダルの女王」といったレッテルになってきました。

そしてある年齢に達すると、今度は人の気持ちを自分に向かせるために、人を支配するようになります。恋人をも支配するようになる。それも洗脳しやすい年下の相手を選んで。最初のうちは、彼を励ましているつもりだし、男性の方も居心地は悪くない。だがそのうちに、男性の方がうとましく思うようになるのです。

そういえば、シャンソン歌手エディット・ピアフにも、こういう一面があったといいます。晩年の彼女のそばにはいつも、なにやら不釣り合いな若い男性がいました。一種の倒錯の世界を生きていたのでしょう。しかしまた、だからこそ、あれほどのシャンソンを歌いあげることができたのかもしれません。

小柳ルミ子や松田聖子にも、ピアフ的な要素は十分にそなわっています。ただ悲しいかな、倒錯ぎみの女の性(さが)を表現に高めていくような場が、この日本にはまだありません。スターが成熟し、いよいよ特異な才能を発揮しようというとき、それが少しばかり異常だからと、たちまちバッシングにあってしまい、つぶされそうになるのです。

　もちろん彼女たちのたくましさは、ここ数年でほとんど折り紙付きとなっていますから、少しぐらいのバッシングでめげるはずもありません。彼女たちならではの成熟した表現を見せてほしいものです。

　普通に日々を送っている人たちにとっては、コンプレックスは少し包みかくしているくらいの方が魅力的かもしれません。そして、くれぐれも気をつけていただきたいのは人のコンプレックスを指摘したりしてはいけないということです。その理由は簡単、自分がそうされたくないのと同じです。

　コンプレックスは、お互いにバッグに入れて持ち歩いているくらいがほどよいのだと思います。

「人・人」は「51対49」

人は誰も、美しくありたいと願います。健やかでありたいと、スポーツで汗を流し、エステサロンで磨きをかけます。いや美しさというのは、そんな表面的なものではなく、もっと内面的な問題だと、読書や美術鑑賞に努める人もいます。演劇や映画をなるべく観るように心掛けているという人もいるでしょう。方法はさまざまですが、いずれも自分に対して一種の緊張感を与え、それを保ちつづけようとしているといえます。

ほどよい緊張感こそが人を美しく輝かせる。この考えに、まったく異論はありません。しかし、そのほどよい緊張感を何から得るかとなると、長年の経験から私なりに確信する一つの方法があります。

かりに今、人と人との関わりを「人・人」と記してみます。この「・」の部分に位置するのがわれわれプロデューサーの仕事です。「・」の位置に立たされている人間にとって大切なのは、やや言い古されたことばですが「気配り」にほかなりません。といって、過剰な気配りは相手を疲れさせるだけ。だいたい、相手にこの人は私に気をつかっているなと感じさせるようでは気配りとはいえません。

人と人との関係を一〇〇とした場合、理想的な割合は「51対49」の比だと私なりに考え、心がけてきました。少し相手を立て、少し相手に譲る。つまり私が49で、わずかに引くのがよい。「51対49」のわずかな差が、互いにほどよい緊張感を保つのです。

では「70対30」くらいに、相手を大いに立ててみたらどうでしょう。こうした場合は、ある時期の人間関係がうまくいっても、一過性のものでしかないような気がします。なぜなら、あまり相手を立て過ぎたり謙り過ぎたりすると、こちらを見る目を緩めてくるからです。明らかに見下してくるのがわかってきます。この人は勉強が足りないのではないか、この人と仕事をしていても、何の情報も得られないのではないか……と。「51対49」なら、双方に気配りもあり、ほぼ互角の関係にあります。仕事ではうまい具合に触発し合えて、時に二人であって三人の力を発揮することにもなるはずです。

もちろん例外もあります。たとえば、恋人同士を想定してみましょう。どんなカップルにも蜜月があって、相手を充分に敬い大切にします。相手を70、自分を30としてもうまくいくのが恋人時代です。ところが、結婚していっしょに暮すようになったとたん、性格の不一致であるとか、価値観の相違に驚いたという話をよく耳にします。これは、やはり初期の恋人時代に問題があったとしか思えません。どうか蜜月のときこそ、時には心を鬼にしてでも「51対49」の緊張感で相手と対峙してください。その緊張感が、相手を見る目を鋭くします。

余談ですが、蜜月三年、六年といいます。だから危機は四年目とか、七年目におとずれるのです。緊張感が解けてきて、「七年目の浮気」となります。今の会社を辞めてどこか別のところへ、というのも六年半とか七年目が多いのではないでしょうか。三日坊主ということばが象徴しているように、三の倍数の頃からがそろそろ危ない。

自然の成長や実りに旬があるように、人の一生にも旬の時があります。とれたての果物の新鮮な表皮が、しばらくみずみずしいのと同じように、人間も旬の時は黙っていても美しい。しかしそうした生成（きなり）の旬は、やはり一時的なものでしかなく、持続はできません。だからこそ、どこかで年輪という深みを感じつつ、しだいにゆるやかになる自然の流れに身をまかせたいという思いに抗して、ピリッと緊張感を取り戻したいものです。

ほどよい緊張は、細胞までも活性化させて、その人の輝きを増します。「51対49」は、そんな美しい関係性の目安といえます。

「異の人」筒美京平

人と人との理想的な関係を「51対49」と提案してきましたが、楽曲についても同じことがいえると思っています。

一つの歌の詞と曲の関係も「51対49」、やや歌詞の印象が強い方がよいと思っています。たしかに、曲の方が詞よりも先に人の耳に届いていきます。しかし、その歌がひとたび人の心に浸透していくと、人は詞の意味を考え理解していこうとします。結局、残るのは詞の方、ことばが曲よりも記憶されやすいのです。

われわれの音楽業界用語で「曲先」というのですが、詞に曲をつけるのではなく、詞よりも先に作曲する「曲先の元祖」として作曲家の筒美京平がいます。最近の若い作家にもこの傾向は強く、詞があると曲を作れないという場合さえあるほどです。

しかし、筒美京平は曲先でありながら、彼自身がつねにことばをイメージしています。頭の中にイメージの詞を書いている作曲方法なので、曲先であっても作詞家にことばのイメージを伝えるのは比較的容易です。曲を聴きながら、私の頭の中にも自然に歌詞がわき上がってきたものです。

思えばまだ高度経済成長の活気の中にあった一九六〇年代の終わり、世の中は昭和元禄などといわれ、華やいでいました。CBS・ソニーの設立も、また筒美京平との出会いもこの頃でした。

筒美京平が作曲を手掛けた作品は「ブルー・ライト・ヨコハマ」(いしだあゆみ’68)、「くれないホテル」(西田佐知子’69)、「また逢う日まで」(尾崎紀世彦’71)、そして「木綿のハンカチーフ」(太田裕美'75)、「魅せられて」(ジュディ・オング'79) など挙げればきりがありません。

多くの人たちの記憶に刻まれる作品の数は三千曲にも及ぶそうです。

私は、ある新人タレントに出会うと、その性格や個性を把握して、こんなふうにデビューさせたいと、いわゆる「イメージの衣」を着せていきます。そして新人の個性を強調しながら、ぜひこんな曲をお願いしたいと、こちらの思いを作家たちに伝えるようにします。

筒美さんはいつも冷静に話を聞いてくれます。若いときは、よく勢いづいて勇み足ぎみだった私は、筒美さんのもとに出向いて話をすると、妙に気持ちが落ち着いたものでした。そしてこちらの話を聞き終わると、彼なりに解釈して、彼の内なるコンピューターが動き始めるのでしょう。しだいに筒美さんらしさが顔をのぞかせてきます。

それは一種、冷徹でもあります。ふだんの温かい人柄とは裏腹に、冷たさを感じさせるのです。というのは、彼が歌手を楽器と見なすからではないかと思います。その楽器が奏でる曲を作ろうとするからではないかと思うのです。

ときに少年のようであり、またふとした瞬間、老成している気配をただよわせる筒美京平という人。仕事を共にする人として、三〇年以上にもなろうというのに、一つひとつの仕事ごとに緊張させられるのも不思議なものです。なにやらどきどきするような、ちょっと恐い人に会っているような、そんな雰囲気はずっと変わりません。ところがその一方で、懐かしい人に会っているような思いにかられるときもあるから奇妙なものです。

筒美京平というのは、「異の人」なのだと、ふと思ったことがあり、今もその思いは変わりません。

異国、異郷、異彩、異色、異能……。「異」をまとうことばが浮かびます。

「よろしく哀愁」(郷ひろみ'74)は曲が先に出来上がった作品でした。筒美さんとのやりとりの中で、私には歌詞のイメージがすっかり決まっていて、それを作詞家の安井かずみさんに伝えたことを思い出します。「よろしく哀愁」というタイトルは、言い切らず、茫洋としていて、当時としてはこれが新しかったし、多くを語らない筒美さんらしくもあると思っていました。

古賀メロディがあり、服部メロディ、吉田メロディがあります。浜口庫之助、筒美京平の登場により、日本のポピュラー音楽に新しい地平が開かれてきました。しかし、その作品があまりに多ジャンルにわたるため、「筒美メロディ」とは定義しづらい。その意味でも筒美京平は「異の人」です。今度はどんな異国の風景を見せてくれるのでしょうか。

「気」を分け合う仲

……女優、沖山秀子

「仲間」という文字は、眺めるほどに「仲間」の本質を言い得ていると思います。「人」の中の「間」。あるいは「人」と「人」とのつながりを示す「間」。この「間」とは……。

穏やかな気候の田舎でのびのびと育った私は、大学生になって東京へ出てきたものの、アルバイトの経験もなく、そのまま何の疑問もなく就職しました。二〇代の前半まで、まさにのほほんと人生をすごしていたというわけです。

そんな自分に不足感をいだいたのは、仕事を始めてから間もない頃でした。自分とは違う凄まじい生き方をしている人に興味を持つようになっていたのです。一人ではどうしても満たされない自分の中の空(むな)しい「間」に、もっと元気をくれるような人を求めていた時期が、この私にもありました。

そんな頃、気になる女優がいました。一九六八年、もう三四年も昔の作品ですが、今村昌平監督の映画『神々の深き欲望』などで知られる沖山秀子という個性派女優がいて、彼女こそが気になる女優そのものだったのです。

あるとき、しばらく女優活動を休んで神戸で暮しているという彼女に「会ってぜひ話をしたい」と手紙にしたため、やっと承諾を得ることができました。その日、沖山さんは神戸駅まで出てきてくれたのですが、なぜかかなり不機嫌です。いや、もともとそんな感じの女性なのだから気にすることはないと自分に言い聞かせ、挨拶を交わしました。そして「どこかでお茶でも」と言うと、「私、カレーライスが食べたいの」との返事。まったく、初対面だというのに……。私は気が進まぬまま食事をとることにしました。

目の前の女優は無言のまま、すごい勢いでカレーライスを食べています。そんな姿を眺めていると、最初は圧倒されるばかりだったのですが、そのうちにいとおしくさえ見えてきました。この人は何かに苦しんでいるんだな、とも思えました。

その後もふと気になるときがあって、手紙のやりとりは続き、交流は深まっていきました。詩を書いてみたらどうかと持ちかけた時期もあります。

あとから知ったことですが、彼女はタクシーに乗ると、よくこう言う癖があったそうです。

「ねえ、運転手さん、高いビルのある所へ行って」と。

高い所から飛び降りたくなるのだというわけです。実際に、そんな騒ぎを何度か起こしていて、片足が少し悪くなったとも聞いています。それほどに苦しんだ彼女も、今は幸せに穏やかな日々を送っています。

意外に思われるかもしれませんが、もし彼女との出会いと交流がなければ、当時の私が手がけていたプロジェクト（南沙織のプロデュース）の成功はなかったのではないかと考えています。あの頃、仕事上で私は一種のスランプにありました。だからじつは、不安定な沖山さんの精神状態を心配する一方で、まっすぐに懸命に生きていこうとする彼女から勇気を得ていたのです。

人と人、わかり合うためには、対峙しているときに相手の世界にきっちりと入り込むことが大切です。何か悩みがあるのなら、その人が苦しんでいる方向をよく知ること。すると相手の思いが、それこそ他人事ではなくなります。少なくとも、私たちが友人とか仲間とか思う人との「間」には、こうした関係が成り立っているはずです。そして相手へのあなたの真摯な思いやりは、決して一方通行などではありません。

「愛とは惜しみなく与えること」の名文句と同じように、最良の人間関係には打算がないものです。

ときにはそっとしておいてあげることも必要でしょう。距離という「間」も、時間の「間」も、人と人とのよい関係には大切なものです。そしてこの「間」に見えてくるのは、いわば「気」のようなものでしょうか。「気」を分け合うような関係、それが仲間というものではないかと思っています。

日々を舞台に

「対人関係」というものを考えようとすると、いろいろな人の表情と、いろいろな場面が交錯します。

職場の上司や同僚、仕事の交渉相手との対人関係もあれば、家庭内の、あるいは友人との対人関係もあります。個々に複雑な生きものである人間同士の関係ですから、難しくないわけがありません。しかし社会生活の基本単位である「対人関係」から、喜びや感動も、また悲劇も生まれます。人に対しては、大事に対処すべきと、つねに心がけておきたいものです。

誰もが、どんなに謙そんしていても、じつは驚くほどにプライドが高いものです。その証拠に、こちらが不用意なことばを吐いてしまったときなど、さっと相手の顔色が変わる場合があります。プライドという琴線に触れたためです。プライドとは、その人らしく生きていくために隠しもつ武器なのかもしれません。

だから、人に会うことは楽しいが、疲れることでもあります。自分が何かで悩んでいたり、体調が思わしくないときなら、よけいに疲れます。そんなときはたいてい相手が話す内容を理解していません。つまり、会っていることもムダというわけです。

逆に、人に会って気持ちが癒されることがあります。気分がなごんだり、元気をもらったと感じられる対人関係は最高です。その人との相性もよいのにちがいありません。

できれば、泣いたりわめいたりの感情まるだしの事態になろうが、関係が崩れることがない、そういう気のおけない友人を二人は持っていたいものです。

しかし近頃は、インターネットなどの普及で人と人とのつながりはますます密になる一方で、面と向かっての対人関係を苦手とする人が増えていることも事実です。

そこで、よい対人関係のコツですが、それは一つに「自己演出（セルフプロデュース）」ではないかと考えます。

残念ながら解決されないまま時効になってしまった大事件の一つにグリコ・森永事件がありました。不特定多数へのアピールを狙っていることから「劇場型」犯罪などといわれたことを憶えているでしょうか。犯罪になっては困りますが、私たちの日常にも「劇場型」が多少は必要なのではないかと思います。

たとえ家族であっても、その対人関係では、家庭という舞台でさりげない役割を演じる自分が必要です。

よく、いい恋愛は必ずしも順調な結婚生活には結びつかないといわれます。それは恋愛中の飾りが過ぎるためだと思います。結婚により日常という現実に入ったとたん、飾りはしだいに片づけられていきます。それにつれて、互いが色褪せて見えてくる。そうならないためには恋愛関係の時から素の自分をほどよく見せる演出を、また結婚してからは、意識して恋愛時代を想わせる自己演出を心がけることです。要は加減、バランスであることは言うまでもありません。

演出過剰ではふとしたときに破たんをきたしかねません。つまりは自己演出は自己抑制にも通じるのです。

方法は簡単、Aさんと会っている私をBとして、このAとBを頭の中のどこかに置いておきます。するとそこにAとBの様子を冷静に見つめるBが現われて、抑制をきかせます。

日々を舞台に、良好な対人関係によってよい友人を得るなら、きっとその人は、こういうときはこう演じなさい、と的確なアドバイスをしてくれるはずです。

日々が「舞台」のようでは気が休まる暇がないじゃないかと思われる人は、舞台には楽屋があることを思い出してみてください。楽屋では、一人になってゆっくり風呂につかる時間もあるはずです。週末を拡大版の楽屋としてもよいではありませんか。

対人関係においての基本、その第一は自らの充実なのですから。

3章

果報（かほう）を待つ

「無心」という空き部屋をもつ

「果報は寝て待て」という。果報、つまり幸運は、人の力ではどうすることもできないのだから、あせらず静かによい機会が来るときを待ちなさい、というわけです。ただし、この「寝て」について調べてみると、もともとは「練って」だったとか。なるほど「果報は練って待て」なのです。

私の仕事の場合なら、たとえば新人タレントのプロデュースワークで、いくつかのバージョンを想定して企画を練り、そして、よい知らせ「果報」を待つというところでしょうか。

「果報は寝て待て」という状態と同じようなニュアンスが、「無心」ということばにもあるような気がします。何の打算もなく、純粋な状態でいることを「無心」といいます。しかし、小さい子供が屈託のない表情で遊んでいる、その姿を「無邪気」とはいうものの「無心」とはいいません。

「無心」とは、どういうものであって、そのような心の状態はどうしたら得られるのか。話は二五年前にさかのぼります。

初夏、さわやかな五月のことでした。広告代理店の電通に勤める藤岡和賀夫さんからの一本の電話がきっかけとなって、私は「南太平洋の旅」に参加することになりました。

タヒチ、サモア、イースター島などを巡る十五日間の旅とのことでした。誘いを受けたのはほかに作詞家の阿久悠さん、画家の横尾忠則さん、写真家の浅井慎平さん、評論家の平岡正明さん、仏文学者の多田道太郎さん、そして今は亡き版画家の池田満寿夫さんをはじめとする面々でした。

電話の主である藤岡さんは「南太平洋の島々をめぐり、その先々でみなさんに感想を語り合ってもらえばいいのです」と、ずいぶん優雅なことを言う。当時の私は、ソニーレコードで七年目。南沙織、郷ひろみ、山口百恵のプロデュースを手掛け、まさに忙殺されそうな毎日を送っていました。十五日間も旅に出るなど、自分も周囲にとってもあり得ない状況でした。ところが私は、この誘いに最初から妙に乗り気だったのです。「費用は一切先方が負担するとのことですし」と、上司を説得し、旅への参加を決めました。

八月、夏まっさかり。南太平洋に向かう機内には、まえもって名前を聞かされた人達のほかに資生堂とワコールのクリエーターもいて、なるほど、広告制作に関連するスポンサーがちゃんといるのだと察知しました。

後から思えば、マスメディアの渦中で動き回るメンバーばかりを連れ出した、広告代理店のプロデューサーの発案による壮大な人間実験の旅だったような気がします。

サモアでもイースター島でも、一人ずつべつべつに部族の酋長の家にあずけられたり、民宿に泊まったりしました。最初は、環境の変化にとまどい、食事が口に合わないこともあって、ナーバスな気分に陥りがちでした。しかし、そんな気持ちを癒してあまりあるのが、何よりおおらかで美しい自然でした。三日目くらいには、自分の順応力にあらためて感心するほどになっていました。

何日かごとの夜には、メンバーがそれぞれの宿泊先から集まってきてサロンが開かれるという計画でした。なぜか二、三日ぶりに会うのでも、それぞれの顔がなつかしく思えます。各自が島での生活体験を話しだすと、誰の顔も少年に戻っているではありませんか。実年齢は三〇代半ばから四〇代なのに、伸びざかりの少年たちが未来を語り合っているようでした。そこに、もう一人の自分がいることに気づかされたのは、私ばかりではなかったはずです。

このときの気分、つまり少年の表情になっている彼らの気分、そしてその話を楽しく聞き入れているこちらの気分、それこそが「無心」といえるのだと思います。こうした無心の状態は、人と人との良好な関係からしか生まれません。その一方で、南の島という土地の精霊とか空気感とかの影響も大きかったはずです。

池田サロン、横尾サロンという具合に、持ち回りで開かれる場に集ったわれわれは、ときには日本から持って来たインスタントラーメンに舌つづみを打ち、誰もがあどけなく純粋な、あの少年の頃に戻っていました。腹の底から笑い、夢中で語り合いました。メンバーの誰かの口をついて出たように、そこは「時間が止まっている」ようでもありました。

「そうだ、東京との連絡もとっていない」という思いがよぎったのは、旅も一週間目に入ろうという頃でした。東京ははるか彼方、仕事をしていたことなど、とうの昔のことのようです。そんな錯覚に陥っていました。

どんなに素晴らしい旅をしても、帰ってきて、またいつものように仕事を再開します。だからといって、それで元の木阿弥かというと、そうではありません。南太平洋の十五日間の旅は、今も心の片隅に「無心」という小さな部屋を残してくれています。だから今もときどき、あのイースター島へ行きたいと思います。自分をクリーニングするために。

あの旅から帰国後、メンバーそれぞれの仕事ははずんでいました。池田満寿夫さんは小説『エーゲ海に捧ぐ』で芥川賞（一九七七年）を受け、これに関連して私がプロデュースする「魅せられて」（一九七九年）が生まれ、レコード大賞を獲得しました。「いい日旅立ち」や「時間よ止まれ」も、あの旅がなければ生まれていなかったのです。

その後ずっと、今にいたるまで仕事を続けています。混乱したり、急いだり、焦ったり、どうも思うように事が進まないというときもあります。そんなときは、そっと

「無心」という空き部屋のドアを開け、自分の身をおいてみるのです。一日のほんのわずかな時間でいいのだと思います。

そこにはもう一人の自分が待っていてくれます。

清流の快さ、濁流の凄さ

作詞家の阿木燿子さんたちとブラジルのアマゾンを旅したことがあります。われわれが船で渡ったその河には、ピラニアの群れが棲んでいると聞きました。ところが、少し距離を隔てた別の河にピラニアはいないのだとか。水温が異なるためらしいのです。そしてこの二つの河は、海にそそぎこむまで合流することなく、どこまでも平行に、その温度差のまま流れています。

ふと、それぞれ人間の中にも、このアマゾンの風景のように二つの河が流れているのではないかと思いました。

一方が清流で、もう一方が濁流の河です。そしてこの二つの河の勢いは、人の生きる環境によって変化します。生まれたばかりの状態、無邪気に成長していく子の体内では清流の方が勢いよく流れているのだと思います。

しかし、やがて知恵がつき始める。生きる知恵といえば格好もつきますが、いわゆる微妙な計算を働かせるようになる頃には、きっと徐々に濁流の河の方が勢いを増すのです。

人間の複雑さや多面性というのは、この清流と濁流を併せ持つところに端を発しているのかもしれないと思っています。

いうまでもなく清流は快い。だが、一概に濁流を不快なものとはいえません。なぜなら、人が自らの内なる濁流に向き合うとき、生き抜く凄さを見せるからです。

「水清ければ魚棲まず」とはよく言ったもので、美しい清流は活力という点では弱い。一方、濁りよどんだ水の凄さは蓮池が物語っています。あの大輪の蓮の花は、よどんだ沼地にこそ美しく咲き誇る。蓮の花は、朝露を飲みながら、パンと破裂音を立てて咲くらしいのです。

みごとな花を咲かせる野生のバラもそうだとか。そのツルのもとをたどれば、うごめくような湿地にたどりつくといいます。

そういえば芸能界というのは、蓮池やバラの土壌に似ています。たとえば、十五歳でこの世界に足を踏み入れた郷ひろみは、芸能界という濁流を熟知してきました。だからこそ濁流に身をおいたときの自己演出を、今の彼は心得ています。もちろん、そこから距離をおくべき潮時も。また、濁流を熟知するがゆえに、つねに清流志向を強くいだいていることも事実です。

ところが、彼自身が思わぬ沼地に足を踏み入れて濁流を身にかぶったとき、その個性を輝かせることを本人が知っているかどうかは定かではありません。予想以上の濁流をかぶったがために生まれた陰影の魅力が彼にはあるように思えます。私生活もろとも濁流に呑み込まれそうになった離婚前後の苦悩がなければ、今の彼の輝きはないはずです。

たとえば、見るからに頑健なアクションスターが、少し病んだがゆえに人間的な翳りを表現できる俳優になったと感じることもあります。これも、病という広い意味での濁流が幅をきかせたために、苦しみもがき、身につけた魅力にちがいありません。

「清濁併せ飲む」とは、実にみごとな格言だと、あらためて思わずにいられません。

錯覚の罠(わな)

アメリカと日本でベストセラーとなった本『マディソン郡の橋』の舞台を観たことがあります。ごく普通の主婦が、家族の留守中に訪れた男と恋に陥るというストーリーです。十朱幸代演じるフランチェスカに、古谷一行演じるロバート。

さて、二人の舞台を見つめる観客たちは何を思うのか……。主人公に自分を投影しているのでしょうか。幻のような世界を目の前にしていても、つねに自分が重なり合って見えてくるものです。その夢と現実の我が身を客観的に見る自分がいて、本当に自分らしい生き方を見つけていくのだと思います。

だから大事なことは、どんなときも「自分」を見失わないことです。

ところが、この世の中には人を惑わす「錯覚の罠」が潜んでいます。たとえばワイドショーなどで盛んに騒がれている人などは、まるで自分が世間を席巻しているような気分で、だいそれた振るまいや発言をしています。

有名人ではなくとも、このように錯覚の罠にはまっている人によくでくわします。以前たまたま飛行機に乗り合わせた中年女性の言動が気になったことがありました。周囲の人から聞けば、大企業の社長夫人だとか。夫の名誉を傷つけ、イメージダウンにつながるミセスの言動や行動も、彼女たちが陥っている「錯覚の罠」によるものにほかなりません。

サラリーマンとて例外ではありません。会社の業績が評価されているのが、あたかも自分に向けられているかのように、思い上がった態度を見せる輩がいます。これなども鼻持ちならない錯覚に陥っています。そういう人に限って、会社が不況にあえぐときは、その責任を少しも感じようとはしないものです。

どこまでも肩書のない、一人の男、一人の女として生きていくのがよいと思います。肩書を武器としないで、良い友に囲まれて、それが本当の幸せではないのかとつくづく思います。

いつだったかテレビのドキュメンタリー番組で、五一歳でアルツハイマーを発病し、以来十五年になるという妻を自宅で看病する夫の姿に感動したことがありました。大手銀行の支店長クラスにまで出世した夫は、仕事面では順風満帆。ところが平和な日々に突如ふりかかった妻の発病。エリートの夫は妻の病気を恥ずかしいと思ったといいます。家では娘が面倒を見つづける。しかしやがて娘は嫁ぎ、家を離れます。苦悩の末、夫は仕事を辞めて、手助けがなければ何一つできない妻のもとにいることを決断します。

覚悟を決めて退社、その後の看病の日々は、初老のビジネス戦士をじつに温和な紳士の顔にしていきます。うつろな妻の表情は力なく、だが美しくもあるのです。

今では妻のことを恥じた自分が恥ずかしいという。車椅子を押して外出することも、歌を歌ってあげることもある。夫の手厚い看病で、妻の病状や精神面は安定していると医者からもほめられたことを、夫はうれしそうに話します。

夫は輝かしい肩書を捨て、この試練の中で真の自分に目醒めたのかもしれません。夫婦は本当の幸せを、今初めてつかんだのかもしれない。

テレビ番組を見ながら、そう思う一方で、遅すぎたのではないかとも感じました。もしかしたら妻は、いつも忙しい夫に対して何も言えず、ひたすら家庭を守ってきたのではないか。彼女はことばや形ではない、本当の気持ちが通じ合う、そんなコミュニケーションをずっと以前から望んでいたのではないのか。

現在のマスメディア社会は、ネットワークの充実や、その方法の多彩さをさかんにアピールします。いつどこにいても多くの情報を得ることができて、通信も可能という便利さを訴えます。しかし、ここにも「錯覚の罠」が待ち構えているのです。いつでも連絡がとれる状態にあるから、コミュニケーション不足の心配がないと思っているのなら、それこそ大きな錯覚です。

何かの不具合でコミュニケーションがうまくいかなかった場合、その仕事相手が自分の誤解かもしれないと疑ってくれる人なら、早い時期にお互いが間違いに気づくはずです。ところが、錯覚状態に陥ると、互いに信じ切っているものだから、さらに複雑に絡み合いこそすれ、ほぐすことなどとうてい無理。ついには修正しようがないほどの混乱をきたします。

「錯覚の罠」。うっかりすると誰もが、大なり小なり自分の手で掘っているのかもしれません。

意識の布を、どう染めますか

　京都の染めものに詳しい人から、こんな話を聞いたことがあります。萌出づるような「桜色」に布地を染めるのは、かなり大変なことだと。その理由がなんとも不思議です。

　鮮やかに染め出る桜色、それは開花が待ち望まれる三月頃の桜の枝からでなければありえないとのこと。切ってきた枝を釜で煮出したものを染料とするのだそうです。つまり、桜が花を咲かせるために樹の全体に宿している花の命を枝ごと切り落として、いただいてしまうというわけです。やがてその花の命が、布の上に鮮やかな桜色となって蘇る。――想像するだけで、目が眩むようではありませんか。

満開の桜の樹を人間にたとえると、才能・力量に富み、爛熟期にあるというような人でしょうか。奇妙な言い方かもしれませんが、どうせ染まるなら、そんな人物に憧れ、染まって、少しでも近づこうと努力しつつ生きたいもの。ところが悲しいかな、人間の性というのは、ダメなほうに染まりやすい。水が低い方へ流れるように、安易な道を選びやすいように思えてなりません。

人間社会は、大なり小なり、それぞれが誰かに影響を与えたり、時には誰かの考えに染まり、また場に溶け込みつつ営まれているのだと思います。

たとえば、ちょっと気に入らないからと自分の会社の雰囲気に常に抵抗していては、空しいだけ。よい関係を築いていくには、まずは溶け込んでいく必要があります。だからといって、個性を殺せというのではありません。仕事の場に溶け込もうとすると自分を「六」で、そうではない独特の個性を持つ自分を「四」とするか。それとも、「七対三」くらいに個性を押さえ気味にしておくのがよいか、その比率はそれぞれの環境に対する観察眼と判断力で決めていくしかありません。だからといって、悲観的になることはありません。近頃の世の中、会社あるいはリーダーの方針があるとはいえ、往々にして個性的な人が重宝がられるものです。

ところで、「染まる」も「溶け込む」も第三者の見方であって、渦中にいる本人にはわかりません。だから日々の生活の中に、自分の意識を洗う時間を持つべきだと思うのです。

たとえば週に一回くらい、ゆっくり入浴の時間をとって、自分のことをふと他人事のように眺めてみる。……今日、部長がこんなことを言っていた。なるほど、確かにそういう考えもあり得る……という具合に。すると、……そうだ、明日もう一度、部長に聞いてみよう。そして自分の意見も聞いてもらおう……と考えがめぐるでしょう。そして翌日にはきっと、自然に職場の雰囲気に一歩溶け込んだ自分に気づくはずです。

しかし、意識を洗う余裕を持たないまま日々の仕事に追われていたりすると……あの人、いったい何を言っているんだろう。でもまあいいか、上の人がそう言うんだから……と万事がおざなりになっていきます。先の例が「染まる」あるいは「溶け込む」ことのメリットであり、後の場合がデメリットであることは言うまでもありません。とはいえ、自己満足いっぱいに生きているような人は、意識を洗う大切さなどに思いも及ばないでしょう。かといって、自己嫌悪の強い人はとかく洗いすぎたりするものです。

どんなふうにも表現できる意識という柔らかい布を誰もが心のどこかに持っています。そう思って自分をまた他の人を見るなら、いつかあなただけの絶妙のバランスを持つ桜色の意識に出会えるはずだと思います。

話し上手は癒し上手

二〇〇二年の初夏、韓国と日本の共催となったサッカーのワールドカップのことは、まだ記憶に新しい。日本の指令塔は中田英寿、二五歳。頼りがいのある、じつに力強い風貌の青年です。試合のためにイタリアから帰国してテレビのインタヴューに答える姿は、洗練され、いちだんとしなやかさを増していました。

そういえば日本が初めてワールドカップ出場を決めた四年前の一九九八年、私はこんなことを書いていました。

　ワールドカップ出場を決めて注目を集める日本サッカー界。選手達の中で、弱冠二〇歳の中田英寿が、このところひときわ輝いて見えます。その中田くんが先頃ニュース番組に登場して、いつになく会話がはずんだことから、またもや翌日のスポーツ紙をにぎわせていました。

　日頃、ほとんど感情を剥き出しにすることのない彼は、「クール」だとか、マスコミにもそっけない態度をとるというので「生意気だ」といったレッテルが貼られている存在です。そんな青年が、生番組にゲスト出演してどんな素顔をのぞかせるのか、興味深くご覧になった方も多いのではないでしょうか。

　私も仕事柄、「生意気」と受け取られがちな若い歌手や俳優などと数多く出会ってきています。彼らはたいてい、思ったことをストレートに表現します。まさに歯に衣着せず、ズバッと言ってしまう。発言が的を射てはいても、言い方が直接的すぎるのです。これでは、彼らの生のままの感性のよさも人に伝わりません。

そこで、タレントの場合は、担当マネージャーやわれわれ制作スタッフが気持ちをほぐすように会話に加わり、まずは場の雰囲気を変えるように努めます。

中田くんの場合は、聞き役の女性キャスターのおだやかな声のトーンや、話の運び方がよかったのでしょう。なごやかに、心を開いて話しができたのだと思う。視聴者は、彼の人間性や今まで気づかなかった意外な一面をかいま見ることができたはずです。さらにこの場合、キャスターがワールドカップ出場を決めたイラン戦を見に行っていたのもよかったのだと思います。

私たちの日常生活においても、初めて会う人のことは、事前に少しでも情報を得ておくことが相手に対する礼儀であることは確かです。

あれから四年の月日が、中田自身をさらに成長させたことは、ワールドカップのテレビ中継で、また流暢なイタリア語で話す彼の表情からもうかがえます。

さて、話し上手ということについてですが、こんなとき、あなたならどうしますか。

待ち合わせた相手がやって来たものの、どうもひどい風邪をひいているらしい。咳をしながら現われ、それでも煙草を喫おうとしている。それを見て、普通なら「風邪のときは煙草はやめておいたほうがいいですよ」とか「ちょっと顔色も悪いですね……」などと言いたくなるものです。しかし、そんなことは他人に言われるまでもなく、本人はとっくに承知のこと。

もし何かを言ってあげるのなら明るい調子で「でも、煙草を喫えるくらいだから元気なんですね」と、風邪をひいてしまって具合の悪い状態を少しでも癒す方向で話を運ぶべきでしょう。

また最近は孤独癖の強い人が多く、そういう人たちというのは人馴れしていないので非常に口べたです。たとえば、人と向き合っているときの「間」に耐えられず、一方的に自分がしゃべってしまったり。彼らにしてみれば、一種のサービス精神からであり、自分はいっこうに気づいていないのだが、その気持ちとは裏腹に相手を疲れさせてしまうものです。

こんな若者を目の前にしたときは、ただ、ニッコリとうなづいて、少しでも気分を休めてあげるのが一番だと思います。

「話し上手」は「聞き上手」でもあるが、その逆もしかりなのです。

よく「私は話しベタだから」と前置きをする人がいます。ことばの発音がよくないとか、なまりがあるとか、一種のコンプレックスがそう言わせている場合もあるでしょう。しかし、打ち解けてくれれば、マイナスの要素と決めつけていたことが、かえって人間的な魅力であったり、その人なりの持ち味になったりするものです。そうではありませんか。あなたの周囲の人たちを思い浮かべてみてください。

誰もが忙しく、また何かと厳しい対人関係の中で暮らしています。そんな世の中にあっては、縁あって出会っている人とうまく話し合おうと考える前に、お互いの気持ちを、まずは癒し合おうという意識こそが大切なのではないかと思っています。

「想い」と「念い」

あの盲目の天才バイオリニストを知る人も多いことと思います。私も、彼についての記事を読んで、いたく感動してしまった一人です。

小学校三年生で難病を患い、一命はとりとめたものの失明の危機にさらされるわが子の将来を案じた父親が、この子にバイオリンを教えようと決意します。息子の目が、まだかすかに見えている頃から猛特訓が始まりました。父もバイオリニストなのだが、感覚的というより、技術を子細に分析する理論派、愚直のバイオリニストだといいます。この父の徹底した指導のもと、息子はやがて音楽大学に進み、イギリス留学ののち二七歳でソリストデビューを果たすと、たちまちその類い稀な才能に世界の注目が集まります。

まさに父親の「想い」と「念い」が息子に通じ、みごとに実を結んだ例といえます。そして、「天才バイオリニスト」の誕生です。記事の最後に、父のことばで、こんなふうに結ばれていたことも印象深いものでした。

「もし神様に、子供の目かバイオリンかどちらかを選べといわれたら、迷うことなく目を選びます」

バイオリニストの親子の関係は、プロデューサーとアーティストの関係にも似て、いくつかの例が脳裏をよぎります。こちらの想いが予想外の花を咲かせる発展を見せることもあれば、その一方で想い半ばにして挫折感を味わったことも何度もあります。そんな繰り返しの中で、人間には、想念という「想い」だけでは到らず「念い」が合わさって、何かが現実のものとなるような、強い心の作用があると常日頃考えてきました。

たとえば、人に対していだく想念には、悪い想いと好い想いがあります。悪意のある、悪い想念は、不都合なことに好意よりも早く相手に伝わりやすい。悪意を悟られないように、隠そう、抑えようとすればするほど加速度がついたかのように、早く伝わるようでもあります。たぶん相手も悪意をいだき、嫌なヤツだと感じている、まさに相乗効果にちがいありません。

だが、多くの人は、自分の想いがいい方向に伝わると、つまり好都合にはたらくものとプラス解釈をしがちです。

昨夜の夢に現われた人に、今日ばったり出逢ったり、あるいは電話をしようとしていた瞬間にその相手から電話がかかってきたりすると、ああ、やっぱりこの人とは縁があったのだと思うようにです。悪い想念の素早い伝達力を認識しながらも、いつだって好い想念のほうに軍配を挙げたがる。人間とはそういう存在です。

そういえば、ダイエットにまつわるこんな話を聞いたことがあります。ある太りぎみの女性が一念発起、もう少し痩せれば着ることができる大好きな服を探してきて、つねに寝室の壁にかけておくことにしたという。毎日、その服を眺めては痩せたいと想い、念う。その願いがかなうほうへと、あらかじめ仕掛けを施しておくというのだから、涙ぐましいばかりのひたむきさです。

きっと神様はこうおっしゃっているのでしょう。一年に一度でも、想ったことがかなえば、これは幸せというものだ、と。その証拠に、願いがかなうときというのは、たいてい不意にやってくるものです。想って、念って、念い過ぎて、ふと忘れていたとき、神様は初めて微笑んでくださるらしい。

人と人、偶然の出会いであっても、「いつかあなたに会えると思っていました」という人もいれば、「こういう仕事ができる日を心待ちにしていました」という人もいます。こんなステキな出会いや出来事は、想って、念っていればこそのもの。願わなければ訪れるわけもないのだから、自由に、強く、おおいに想念をいだきたいものです。

4章

この場所から

自分の「場」を生きる

　今の住処に引っ越してきたとき、小さな庭にハナミズキの苗木を植えました。か細く、頼りなげなその木も、いつしかこの場に根を張り、この土壌を生きることを決めたのでしょう。三年目の春、遠慮がちに花を咲かせました。なんてきれいなんだろう、と我が家の庭を彩る初々しい花の姿を、しばらく眺めていたことを思い出します。

　時はめぐり、つい先日、あのハナミズキ、去年は咲いたのだろうかという思いがよぎって、家の者に訊くと

「ちゃんと咲いていましたよ」

そうか……、自分はなんと薄情なこの家の主であることか。たしかに忙しくもあったが、せっかく咲いた花を一瞬でも愛でてあげられないほどだったのだろうか。

人という動物は、動き回ってせわしない。それに比べて、植物はじつにけなげです。場所を得て、その土壌に徐々になじみ、季節を待ち、誰がその美しさを称（たた）えようが、称えまいが、花はすがすがしく咲きます。我が家のハナミズキの木もすっかり成長して、いわゆる大人のサイクルに入っているのです。自分の場を得て、花という「愛」のかたちをわれわれに提供します。こうした植物の営みを想うとき、あくせくと落ち着きのない人間の浅はかさを恥じるのは、私ばかりではないでしょう。

あれこれ考えていると、しばらく前に話題となったNHKの人気アナウンサーのことが思い浮かんできました。数年前には紅白歌合戦の司会者にも抜擢されて大活躍の久保純子アナウンサーが、その人です。

これまでにも多くのＮＨＫのアナウンサーが、民放のテレビ局に移籍してきました。全国放送のＮＨＫで脚光を浴びて、知名度が高いというので、高額のギャラが保証され、民放へ移る。それでうまくいった人も中にはいるでしょう。しかし、おうおうにして順風満帆とはいきません。

公共放送のＮＨＫを植物の世界にたとえるなら、「森」のようなもの。樹木が鬱蒼と生い茂る奥深い森に咲く花は、その美しさもなおいっそう引き立ちます。ところが、民放となると、森に対して「林」の規模といえます。樹木の数は減り、外見だけでも同じような花がたくさん咲いています。そんな中で存在をアピールして行くとなったら容易ではありません。だから久保さんにはＮＨＫという森の中で、持てる才能に磨きをかけ、ますます輝いていってほしいと思っていました。

彼女は大きな環境の恩恵にあずかるばかりか、ニュース番組で隣り合う松平さんという大樹にも護られてきました。この二人によるニュース番組がスタートした時期は、たしか松平さんには不運な事件があり、人間的な度量が試されもしました。

　結局、包容力のある父と、明るい性格の娘のように、アットホームな雰囲気がかもしだされていき、久保さんは愛される場を得ることができました。その後、民放への移籍が騒がれる中で結婚、出産。育児休暇の後にじょじょに復帰できるように、NHKへの勤務形態も変わったようですが、ぜひまた、自分の場を愛するがゆえの気品や安定感を身につけて、末長く活躍をしてほしいと思います。

　よく、歌手や俳優などを見ていて思います。順調過ぎるスタートを切った人ほど、大事なはずの場を、まるで自ら放棄するようにして失っていくものだと。社風も労働条件もよい会社に難なく入ってしまった人というのも、同じような傾向があるのではないでしょうか。

　人は「場」を得ることによって、場が有する力を譲り受けます。しかし「場」に惜しみない努力を注げるとき、打算なくその「場を生きる」ことになるのだと思います。

この場所から

あるとき、こんなことを考えていました。

戦後五七年目をむかえる日本の歩みをたどってみると、三つの大きな社会的事件が思い浮かびます。一つは敗戦（一九四五年）であり、二つ目が七〇年代のオイルショック、そして三つ目が今なお不況にあえぐ日本経済のバブル崩壊です。そして不思議なことに、こんな危機的状況のもとにこそ、スーパースターが誕生していることに気づいたのです。

敗戦から立ち上がろうとする人々のもとに現われたのが、天才的に歌のうまい少女、美空ひばりでした。またオイルショックの不安の中、一九七三年にデビューした山口百恵。そしてバブル崩壊後の長引く不況下の二〇〇〇年代に入って空前の大ヒットを飛ばす宇多田ヒカル。

音楽的にも新しい流れを呼び込み、ブームを巻き起こし、まさに「スーパースター」の入り口に立った三人は、いずれも十代の少女でした。デビュー年齢は、美空ひばり十二歳、山口百恵十四歳、宇多田ヒカル十六歳。十代の少女たちの存在が、それぞれの時代を象徴しているといえそうです。

自らプロデュースを手掛けた歌手だけに、あまり多くを語るのはおこがましいのですが、横須賀生まれの山口百恵は、少しでも家計を助けようと、この町を走り回って新聞配達をするけなげな少女でした。歌手になることを思い立ってオーディションを受けた彼女は、セーラー服がよく似合う、無口で頑張り屋でした。

プロデュースする側として内心「これからの世の中では、こういうしっかり地に足をつけた娘こそ求められる」と確信しつつも、周囲からは、山口百恵は地味すぎるという声が強かったことを思い出します。それでも、"中三トリオ"として三つ目の席を与えられるという幸運もつかんでいます。そのうちに、彼女のやや影のある表情は、オイルショックの暗雲を引きずる時代の後押しを得ていきます。いわゆるスターの道を昇りはじめるのです。

時代の後押しとは、その場に吹く風のようなものではないかと思います。

「東京ブギウギ」と笠置シヅ子を真似て、敗戦という深い爪痕が残る東京を照らす天才少女、美空ひばりの歌声は復興への光、時代が必要としたスターでした。

宇多田ヒカルは、かつての大ヒット歌手、藤圭子を母に持ちます。その母は新宿を背景に歌い、いつかニューヨークに渡り、そこで生まれたのが今日の宇多田ヒカルでした。

美空ひばりと東京、山口百恵と横須賀、宇多田ヒカルとニューヨーク。世の中の流れや時代の風が彼女たちを後押しする前に、それぞれはそれぞれの場を与えられていました。そしてその場を大切に生きています。

「その場しのぎ」、「場あたり」、「場数を踏む」、「場違い」などといいます。いずれも暗に「場」を軽んじてはいけないという警鐘を鳴らすことばではないだろうかと受け止めています。

この地球にせよ、あまたある宇宙の星々の一つにすぎません。そして自分は、その地球のある一点の場所に立っている小さな存在でしかありません。だが何かの縁があってこの場にいるのにちがいありません。そう考えると、この場がいとおしく思えてきます。

自分がいる場所を大切に感じてこそよい人間関係がなりたち、「チャンス」という機会も訪れます。「場」にこだわるあまり方位や風水にのめり込むまでにならなくとも、自分が感動したり、何かエネルギーを与えてくれると感じたことのある場を忘れたくはないものです。

あなたが疲れを感じ、自分を癒したいと思うとき、音楽を聴くのもいいし、友達に会うのもよいでしょう。しかし、ときには懐かしい小学校の校舎を訪ねて、自分が学んだ教室の柱にでも手を触れてみるのもいいのではないだろうかと考えます。

クラシカルがいい

……日本のＢＭＷ

長く日本に暮し、日本が好きだという英国紳士に出会ったことがあります。彼は静かに話し始めました。

「私は、日本のＢＭＷが大好きなのです」

……ＢＭＷといえば、たしかドイツの代表的な自動車メーカー。クルマの話なのだろうかと思うと、

「Ｂは〝場〟、Ｍは〝間〟、Ｗは〝和〟です。この日本のＢＭＷを私は大事にしています」

なるほど。この説明を聞いて、なんというステキな生き方をしている人なのだろうと、思わずその白髪が輝いて見えたほどでした。

「場を踏まえた」行いを心がけ、「間合い」を大切にする。

生活のさまざまな場面に〝場〟や〝間〟が生かされて、それが周囲との〝和〟を図る。こうした日本の伝統的な文化のありかたを、この英国紳士は賞賛し、自らも学んでいるというのです。

「間」といえば、「間に合う」「間がいい」「絶妙の間」などということばが思い浮かびます。人と人との会話にも、この「間」の取り方が大切です。

英語では「エルボー・ディスタンス elbow distance」、つまり社会生活における人と人との間は、肩先から肘（ひじ）までの距離が保たれる必要があるといわれているそうです。これ以上の接近を余儀なくされると、互いにストレスを感じるといいます。

たしかにそう、朝夕の満員電車などはまさにストレスの巣窟です。また昨今、急増している携帯電話での会話なども、はなはだしく「間」を喪失しています。携帯電話では相手の呼吸がわからないので、うまく間をとることができません。用件さえ伝わればいいとばかりに、歩きながら、目線も定まらないまま話す。あげくのはては、電波状況が悪くなったりして、一方的にキレるわけです。いったい日本古来のＢＭＷなど、今の日本人の生活のどこに生き残っているというのでしょうか。

こうした日常の反動なのか、芸能界にはクラシカルなアーティストが渇望されているようです。最近なら、民謡ベースの歌声に癒されると幅広い年齢層から支持される元ちとせしかり、梨園に生まれた女優・松たか子も、雅楽の世界からの東儀秀樹の存在もクラシカルです。みな日本の伝統を踏まえた美しさ、気品をそなえています。まさに日本のＢＭＷを内蔵しているといえそうです。

流れは異なりますが、クラシックバレーで鍛えたダンサー熊川哲也もそうでしょう。西欧の伝統的芸術が、日本人青年の身体を通して日本流に表現されています。

若手の人気俳優なら、織田裕二が残り少なくなった日本男子の雰囲気をもっています。その源流には高倉健がいます。

思えば映画が全盛の頃、「日本人の貌」といえる銀幕スターがいました。日本の風土に根ざした、凛々しく毅然とした「貌」というものがあったように思います。

しかし「スター不在」と言われて久しく、新しい日本のスターがなかなか出現しません。だから人々の心は、今もクラシカルに生きぬいている高倉健に惹かれるのです。そこにいるだけで日本の風景がさーっと広がるような存在に惹かれます。

日本のBMW（場、間、和）を忘れかけた日本人にしのび寄ってきたのが、西欧コンプレックスだったのかもしれません。なにもかもアメリカやヨーロッパが上だと錯覚している日本人はいまだに多いように思います。「イチローだってメジャーでは通用しない」と言って頷いていたのは、多くの日本人でした。

ところが最近、若い人たちに丸い卓袱台が人気を集めるなど、日本の昔ながらの良さを見つめなおす目が育っているとも聞きます。彼らを見習って、休日にはちょっとしたアンティークの家具を見て回るのもよいかもしれません。そして家の片隅に、日本の伝統を味わえる空間をつくるのも趣きがあっていいかもしれない。日本のＢＭＷに気づくためにも。

アイドル・コンプレックスからの一歩ずつ

少年少女時代のささいな出来事が、思春期の鋭敏な心に突き刺さって一種のコンプレックスとなったり、誰もが何らかのコンプレックスをいだいているのだと思います。またときには、それをはねのけて生きています。

ロリータ・コンプレックス、シンデレラ・コンプレックス、マザコン、ファザコンなど、いろいろなコンプレックスがあります。私にも、もちろんあります。たとえばその1つが「アイドル・コンプレックス」でした。

三〇年間におよぶ仕事の場であったCBS・ソニーでは、ヤング・ポップス路線の「フォーリーブス」を担当することから始まりました。男の子四人組の所属はジャニーズ事務所。すでに人気は盛りあがりを見せていましたが、レコード・デビューはこれからというので、CBS・ソニーからと決まったのです。

ジャニーズ事務所との幸運な出会い、そして人気グループがつぎつぎ放つヒット。新しいレコード会社のすべり出しは、願ってもない勢いの中にありました。しかし、私の心にアイドル・コンプレックスが強まりはじめたのも事実でした。

今でいうところのヴィジュアル系の若いタレントの場合、歌唱力が不足していてもレコードは売れます。ただし、ヒットしているのに評価が得られません。このジレンマは、アイドル・タレントを担当する者の宿命でもあります。

ならばアイドルであってアイドルを裏切るような演出をしてはどうか。たとえば、郷ひろみの「よろしく哀愁」あるいは山口百恵の「いい日旅立ち」がそうでした。このときは、アイドルの彼らが歌う曲ではあるのですが、歌詞に重きをおいた演歌的な要素を強めてみたのです。

一方、梓みちよやジュディ・オングなど、いわゆる大人の歌手のレコード制作に私を走らせたのも、アイドル・コンプレックスが引金になっていました。そしてもう一つの印象深い出会いへと私を導いてもくれました。アイドル・コンプレックスが、私をある人物のもとへ走らせるエネルギーとなったのです。その人物とは、今はなき劇作家の寺山修司さんでした。

電話でコンタクトをとって、ぜひお会いしたいと伝えると、いわゆるアングラ演劇の分野の人だけに、私のようなメジャーな仕事をする人間には興味がないとの返事が劇団のマネージャーを通じて届きました。それでもあきらめずに申し入れ、四度目くらいの連絡だったでしょうか、「三〇分くらいなら」と面会が許されました。

寺山さんと話していて印象に残っているのは「キミの言っていることを聞いている

と、何でもすぐに仕事に結びつけようとするようだけど、そうじゃないのではないか。もっと遊び心をもってするのがプロデュースではないのかな……」と、つぶやくように話されたこと。今でもその声が聴こえてきそうです。

出会い、話に耳を傾け、こちらの気持ちを伝えるうちに、少しずつうちとけ、幸いにも少しは気にかけていただけて、その後も何度か寺山さんの劇団、天井桟敷に遊びに行くようになっていました。そんなあるとき、寺山さんが劇団員に向かって「きょうはレコード会社の人が来ているから、面白い歌を作ってみよう」と言いだしました。私は内心、そんなことで楽曲ができるはずがないと思いました。大学を出てコロムビアに就職したのですが、そのときだって、いろいろな先生がたに頼みに行き、早くて一か月はかかる。ところが寺山さんは二時間で作るというのです。

劇団員がランダムにことばを提出していきます。五〇くらいの単語がそろうと、それを寺山さんが組み合わせて詩にしていきます。そして、「神田、これに曲をつけてみな」と、一人の劇団員に渡しました。

劇団員のギターから曲が生まれていきます。ちなみにこのとき、神田紘爾として劇団に所属していた人こそ、後の小椋佳さんです。

縁というのは、まさに玉突き状態。良い縁がまた新しい縁を生みます。だからそのためにも、一歩を踏みだすべきだと思うのです。

それから間もなく、寺山さんとのアルバム制作のチャンスも訪れました。やはり劇団の女優だったカルメン・マキが歌った「時には母のない子のように」はCBS・ソニー初のミリオンセラーになりました。

今も変わらず、寺山修司さんのことを大恩人と思っています。

名プロデューサー寺山修司との出会いは、いつしかアイドル・コンプレックスという胸のしこりを溶解させてくれたようでもありました。

そう、だから、こだわってみることも大切です。自分のコンプレックスを、ときにはぐっと見つめることがあってもいいのです。だいたいコンプレックスというもの、気にしないように、こだわらないようにしようと思えば思うほどアメーバ状に拡大するのですから。正面から睨みつけ、しかし、留まっていてはいけない。一歩を踏み出すことです。

そういえば「素敵にシンデレラ・コンプレックス」という郷ひろみの歌があります。うまく少女性を脱皮して大人になれない女性の心情を語っているものです。もちろんシンデレラ・コンプレックスに甘んじていてもかまいません。しかし、ぎこちないようであっても、そこから飛び立とうと努力する姿が美しいと思えるのです。

この本を『コンプレックスをバッグに入れて』と題したのは、ときどきあなたがコンプレックスを見つめ、次への一歩を踏みだす機会を得てほしいと思うからです。

感謝をこめて

本書は、「コスモジェンス」(季刊) に一九九七年秋号から二〇〇二年秋号まで連載となったエッセイを中心に構成しています。「コスモジェンス」は、ホームエステのパイオニア、扶洋薬品が展開する全国の扶洋サロンに集う皆さんのための会報誌です。連載は現在も継続中です。じっくりではありますが、本書のようなかたちで第二弾、第三弾と引き続き一冊の本にまとめていくことができれば幸いと思って書き続けています。

今回、このように単行本化することをご快諾くださった扶洋薬品株式会社および「コスモジェンヌ」発行元のリンクジャパンと編集・制作を担当されているパンゲアの皆様に深く感謝致します。

二〇〇二年　秋

酒井政利

著者紹介

酒井政利（さかい・まさとし）

和歌山県生まれ。立教大学文学部の学生時代は映画青年だったが、卒業後レコード会社へ就職。日本コロムビアを経て、一九六八年創立メンバーとしてCBS・ソニーへ。コロムビア時代の守屋浩「大学かぞえうた」、レコード大賞曲となった青山和子「愛と死をみつめて」、ソニーに移ってからはフォーリーブス、カルメン・マキ、南沙織、郷ひろみ、山口百恵、宮沢りえをはじめとする数多くの歌手のプロデュースを手掛ける。七九年にはジュディ・オング「魅せられて」により二度目のレコード大賞を獲得。二〇〇二年五月にはプロデューサー生活四〇年の記念に『プロデューサー』（時事通信社）を出版。さらに新会社アルゴスを設立して、後進の育成に努める。現在、テレビのコメンテーターや講演、執筆活動も多く、自ら望む「生涯現役」を実践し、心理カウンセラーとしても活躍中。

コンプレックスをバッグに入れて

発行日――二〇〇二年十二月二五日

著者――酒井政利

編集――田辺澄江

エディトリアル・デザイン――粕谷浩義

表紙写真――岡田正人

印刷・製本――株式会社 精興社

発行者――十川治江

発行――工作舎 editorial corporation for human becoming

〒一五〇-〇〇四六 東京都渋谷区松濤二-二一-三 phone:03-3465-5251

URL http://www.kousakusha.co.jp

E-mail saturn@kousakusha.co.jp

ISBN4-87502-368-5

ゆたかな感性とセンスを磨くために——工作舎の本

感覚の力

◆コンスタンス・クラッセン　陽 美保子＝訳

視覚を中心として成立する現代社会。その文化に染まらずに育った野生児たちの超人的な感覚、熱によって世界を認識する部族などをとりあげ、感覚と文化の多彩な関連性を明らかにする。

●四六判上製●224頁●定価　本体2200円＋税

匂いの魔力

◆アニック・ル・ゲレ　今泉敦子＝訳

中世ではペストの原因は「臭い」だと信じ芳香で予防していた！ 歴史を繙き、誘惑・差別・治癒などさまざまな力を秘めた匂いの秘密とその生命原理に迫る。

●四六判上製●280頁●定価　本体2200円＋税

五つの感覚

◆F・ゴンサレス＝クルッシ　野村美紀子＝訳

科学とヒューマニズムの世界の懸橋になりたいと願う病理学者が、香り高い文体で人間の五感をめぐるエッセイを綴る。「胎児も痛みを感じる」「人を癒す音楽」「聖者の芳香」など。

●四六判上製●224頁●定価　本体2000円＋税

てがみアート

◆小倉ゆき子＋ファニー・ヴィオレ　堀内花子＝訳

日本とフランスの手芸家が知り合い、文通をはじめて十余年。送りあったのは、お互いが得意とする針と糸でつむぎ出した「てがみアート」。創造力あふれる作品をオールカラーで紹介。

●A4判変型上製●120頁●定価　本体3200円＋税

美の匠たち

◆佐藤徹郎　梅村晴峰＝序

伊万里・有田焼・博多人形・熊野筆・山中漆器・京鹿の子絞…… 男性優位の工芸の世界に風穴を開けた女性たち。独自の美を追究する十二人の「人と作品」に迫る。カラー多数。

●A5判上製●244頁●定価　本体2800円＋税

目で覚える色彩センス

◆東京商工会議所＝編　松田陽子＋金澤律子＝著

カラーコーディネーター検定を主催する東京商工会議所の公式ワークブック。添付の三十色のカラーシートで色彩感覚を磨き、色の基本知識を自然に学べる画期的学習法。オールカラー。

●B5判●232頁●定価　本体2800円＋税